George Saunders

Fuchs 8

George Saunders

Fuchs 8

Aus dem amerikanischen Englisch
von Frank Heibert

Mit Illustrationen
von Chelsea Cardinal

Luchterhand

Libe Leserinen und Leser:

Zuers möchte ich sagen, Enschuldigung für alle Wörter di ich falsch schreibe. Weil ich bin ein Fuks! Und schreibe oder buchstabire deshalb nich perfekk. Aber jezz kommt wi ich gelernt hab so gut zu schreiben und buchstabiren wi ich es tue!

Eines Tages wi ich an ein von oiern Mänschen-hoisern langlauf und alles was spannend is mit der Schnauze schnüffel hör ich von drinn ein ser komisches Geroisch. Stellt sich raus was das Geroisch war is di Mänschenstimme wi si Wörter macht. Di hörten sich super an! Di hörten sich an wi schöne Musik! Ich hörte mir dise Musikwörter an bis di Sonne unterging und dann plözzlich dachte ich holla Fuks 8 du verrükkte Nus wenn di Sonne unterget wird di Welt dunkel huschhusch nach Hause sons is Gefar!

Aber ich war fast zinirt von disen Musikwörtern und wollte si tot tal versteen.

Also bin ich jede Nacht zurükk gekomm und

hab mich an dis Fenster gesezz und zu lern versucht. Mit der Zeit sind so vile Wörter durch meine Orn und in mein Kopf gekomm, das ich wenn ich aufpaste zimlich gut Mänschisch versteen konnte wenn ich es hörte!

Was dise Dame in disem Haus erzälte waren Geschichten für ire Jungen, mit »Libe«. Wenn fertig, löschte si immer das Licht, was Dunkel machte. Dann, wegen dem Gefül von »Libe«, sengte si ire Schnauze und Lippen zu den Köpfen von iren Jungen, das nannte si dann »Gutenachtkus«. Was mich nemlich tot tal angemacht hat! Weil so zeigen wir Fükse nemlich auch unsere Libe zu unsern Jungen! Das machte mir ein gutes Gefül, so als könnten Mänschen Libe fülen und zeigen. Mit anderen Worten, Hoffnung für di Zukunf von der gansen Erde!

Aber in einer Nacht hab ich was gehört, da wollte ich mir noch mal anders überlegen, wi ich von den Mänschen denke.

Und da bin ich immer noch dabei.

Was ich da hörte war eine Geschichte, di war richtig falsch, sogar gemein. In der Geschichte war ein Fuks. Und ratet mal, wi der Fuks war? Schlau! Im Erns! Er hat ein Hun reingelekt! Er hat das Trampel von Hun von sein Hünerhaus wekkelokkt und so getan, als wäre mer Futter in ein Baumstumf. Wir legen keine Hüner rein! Wir sind ser offen und erlich mit Hünern! Mit Hünern haben wir ein super fären Dil, der get so: Si machen di Aja, wir nemen di Aja, si machen noie Aja. Und manchma essen wir sogar ein leemdes Hun, falls dises Huhn seine Zustimmung zeigt, von uns gegessen zu werden, indem es nich wekloift, wenn wir neer komm, nachdem es damit beschäftik war, in ein Baumstumf nach Futter zu suchen.

Gar nich schlau.

Sehr direkk.

Dise Geschichte war auch falsch aufgrund weil das Hun das di Haupperson war eine Brille träkt.

Weil was ich von Hünern weis? Tragen keine Brille. Ich glaube nich das das is weil alle Hüner gut seen können. Ich glaube das is weil Hüner nich mal wissen wenn si nich gut seen können aufgrund weil ich obwol ich den krösten Respekk vor Hünern hab weil ich ire Aja libe doch denke si sind vleich nich di Hellzen.

Aber Hüner di Brille tragen waren nich di einzige falsche Geschichte di ich gehört hab.

Weil ich hab Geschichten über Beren gehört wo di Beren immer schlafen und nett sind und lib. Glaubt mir, als einer der schon off von Beren gejakt wurde kann ich oich sagen, kein Ber der mich je gejakt hat hat da (1) geschlafen oder war (2) nett oder (3) lib. Ir solltet mal di vilen nich netten Sachen hören di ein Ber in Berisch sagt wärend er ein jakt, wärend man gerade noch um ein Har in den Bau schlüpft und versucht, vor den anderen Füksen nich gleich loszuhoilen.

Und von wegen Oilen? Oilen wären waise? Das

ich nich lache. Einmal hat eine Oile Fuks 6 gans gemein in den Nakken gepikkt, wo der nur gans lib den jungen Oilen im Nest mit der Schnauze hallo sagen wollte!

Nur ich wuste, das ich von Mänschisch Anung hatte, das war lange so. Bis ich eines Tages, das war richtig schiksalhaft, mit Fuks 7, ein guten Kumpel, durch den Walt lauf und urplözzlich fällt ein Ast von gans om auf uns runter.

Und ich so: O wau.

Aber nich in Füksisch, sondern in Mänschisch.

Fuks 7 war so geschokkt, das er einfach nur Hintern auf Boden gesezz hat, Zunge raus und di Augen so weit offen wi wenn man tot tal über-ascht is.

Und ich drauf: Korrekk, Alter, was das grat war war Mänschisch.

Und er so: Das is zimlich gut, Fuks 8.

Und ich so, auf Mänschisch, vleich bisschen an-gegeem: Das is voll supergut, Fuks 7.

Und er so: Das müssen wir unbedink unserm Krosen Fürer sagen. Das is so –

Und ich so, auf Füksisch: Echt, oder?

Wir also zu unserem Krosen Fürer, Fuks 28, und ich hab bisschen Mänschisch gesprochen.

Wi ich mein Mänschisch gesprochen hatte, lekte der Krose Fürer sein Kopf so leich auf di Seite, wi wir Fükse das machen, wenn wir irnkwi perpleks sind oder was gans Lautes hörn, und fragte: Fuks 8, wi has du das geschafft?

Und ich so: Indem ich jeden Amt one Ausname ire Sprachmuster studirt habe.

Und er so: Vleich makst du so gut sein und dein noies Können zum Nuzzen der Kruppe einsezzen?

Ich war zimlich geschmeichelt, das der Krose Fürer mir so vil Respekk zeigte, der bei uns berümt war für sein waisen Rad und uns immer mega fürte.

Und ich so: Ser gerne.

Und Kroser Fürer so: Komm mit, Fuks 8.

Hab ich gemacht und noch Fuks 7 ein stolzen Blikk zugeworfen, so: Tu dir das ma rein, Alter.

Dann steen wir vor ein Schilt, und auf dem Schilt sind so Zeichen in Mänschisch wi ich si gelernt hatte. Und weil ich so gut gelernt hatte, konnte ich si auch gut lesen. (Ein Glükk hatte ich ir Alfa-Bett gelernt, indem ich durch das Fenster mit zusammgekniffnen Augen in ire Bücher gelinzt hatte.)

Was dise Wörter sagten war: Demnäkst an dieser Ställe – Fuksblikk Zenter.

Ich las das dem Krosen Fürer vor, und in unserm Bau widerholte er es laut vor der Kruppe.

Dise Wörter lösten auf einmal vile Fragen in unseren Köpfen aus, wi: Was ist ein Fuksblikk Zenter? Wird uns das jagen? Wird uns das fressen?

Stellt sich raus, jagen konnte es uns nich. Fressen konnte es uns nich. Aber was es konnte war vil schlimmer.

Denn bald sind Elkawes gekomm, und di rauchen und hupen gleichzeitig! Und di haben un-

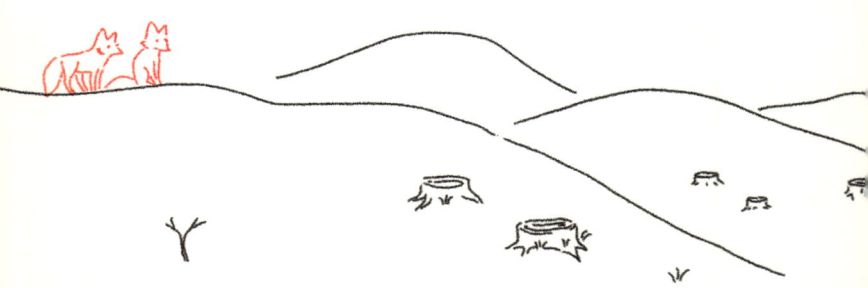

sern Urwalt ausgegram! Di haben unsern Schiefen Baum rausgerissen! Und unsere schattige Trinkstelle kaputt gemacht und di hökste Stelle platt gemacht, di wir kennen, von wo wir di ganse Schöpfung seen können, wenn es grat nich regnet!

Wee uns!

So weit wir seen können, is alles platt, keine Boime. Wi wir zu unserm Flus trabten, war der auch gans kaputt, aufgrund weil so vil Drekk reingeschwemmt. Genauso kaputt waren di Fische, rürten keine Flosse, kukkten uns nur ler an, so: Wau, was is da grat pasirt, wir kapirn null.

Wi wir noch erklern wollten, was grat pasirt war, nemlich Elkawes, wurde uns klar, was pasirt war, warum si keine Flosse rürten, weil si nemlich tot waren! Plus nich nur unsere Fische sind tot, auch alles, was wir gerne fressen, wi Kefer, fette lang sarme Moise, alles tot tal wek! Wir haben den gansen Tag gesucht, mit hengenden Schnauzen. Niks zu beisen.

Balt waren merere von unsern ser alten Fük-
sen krank und tot, weil: kein Fressen. Dise toten
Froinde waren: Fuks 24, Fuks 10, Fuks 111.

Alles gute Fükse.

Eine Sache hab ich in meinen Amden an dem
Fenster der Mänschen gelernt: ein guter Schrei-
ber sorgt dafür, das der Leser sich so schlecht fült
wi der Mänsch in der Geschichte. Der Schreiber
wird dafür sorgen, das ir oich so schlecht fült wi
Aschenputel. Ir seit traurig, weil ir nich auf den
Ball geen könnt. Und sauer, weil ir fegen müsst.
Ir wollt am libsten di Stifmutter in ir Kleit beisen.
Oder wenn ir Pinokio seit, fült ir oich so, ich wil
liber nich aus Holz sein. Ich wil liber aus Haut
sein, dann haut mich mein Vater Jipeta nich mit
dem Hammer. Unzoweiter.

Wenn ir oich so schlecht fülen wollt wi di Fükse
jezz, dann 1) Wochen lang kaum was fressen,
2) seen, wi vile Froinde, du auch, jeden Tag dünner
und dünner werden, 3) seen, wi merere von dei-
nen gelibten Froinden immer dünner werden, bis
si sterben.

In diser Zeit wurde der Krose Fürer ser traurig.
Als wär er zu traurig, um zu füren. Stunden lang
sas er da und starrte ins Lere. Als würde sich der

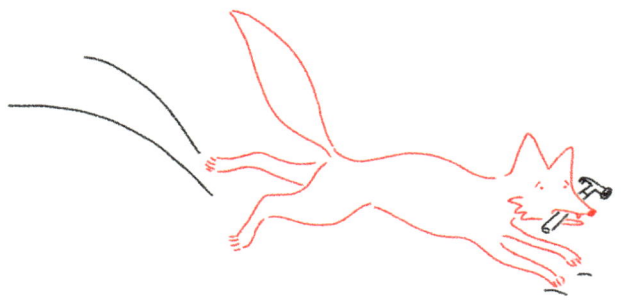

Krose Fürer di Schult dafür geem, das wir unsern
Walt verloren hatten, in dem wir seit Urzeiten leb-
ten. Aber wir hatten gar nich das Gefül, es wäre
seine Schult. Das pasirte alles so schnell, wer wäre
kros genug gewesen, das aufzuhalten? (Ich hatte
schon ma keine Idee, wi man das aufhalten könnte.
Einmal bin ich hinten in ein Elkawe reingeschli-
chen und hab mit dem Maul ein Hammer geklaut.
Ich weis, Stelen macht man nich, aber ich war so
sauer! Blos das ich den Hammer geklaut hatte, hat
si nich ma lang sarmer gemacht. Haben di vleich
noch mehr Hemmer gehabt?)

Entlich gingen ein par von uns zum Krosen
Fürer und sagten so: Kroser Fürer, wollen wir nich
wekkeen und was zu fressen finden plus einen bes-
seren Ort zum Leem?

Aber er stönte nur so und sagte: Nein, nein, zu gefärlich. Bleibt alle hir, wo ich oich seen kann.

Und lekte wider den Kopf zwischen seine Foten.

Woche um Woche verging, und dise Elkawes arbeiteten immer weiter. Di Mänschen können echt arbeiten. Di arbeiten und arbeiten, und irnkwann is ein ganser Walt wek. Wi ham si das gemacht?

Mit iren Händen plus Elkawes.

Stellt sich raus, was si machten, is: merere krose weise Kisten mit Räzelwörtern ausendrauf geschriben. Wi ich dise Wörter vorlese kukken mich alle Fükse so perpleks an, so: Sag uns bitte, Fuks 8, was is Hägen-Das, was is Compu-Fun, was is BoFrots, was is Wolmart?

Konnte ich aber nich sagen, weil dise Wörter hab ich an mein Geschichtenfenster ni gehört.

Fuksblikk Zenter war anscheint eine Stelle wo di Mänschen hinkomm und ire Autos abstellen. Dann gingen si immer in di weisen Kisten und wateten da bis di Autos fertig waren und wider nach Hause konnten. Manchma ging ich zu ein Auto mit Hund drin, und aufgrund weil ich schon ma mit kulen Hunden geredet hatte, ich so: Was get? Wo drauf der Hund mich entweder gans ler ankukkte, als könnte ich kein Hündisch, oder er schmis sich in dem Auto rum, als wollte er raus und mir was tun, dem Fuks!

Aber irnkwann kam mal entlich Antwort von ein Hund, der so: Alles gut, und bei dir? Hir drinn is mega heis.

Und ich so: Mein Froind, was is das hir?

Er so: Paar King.

Ich so: Wofür is das gut?

Da nam er sich eine Pause und lekkte sich sein Hinten, ich hab höflich gewatet.

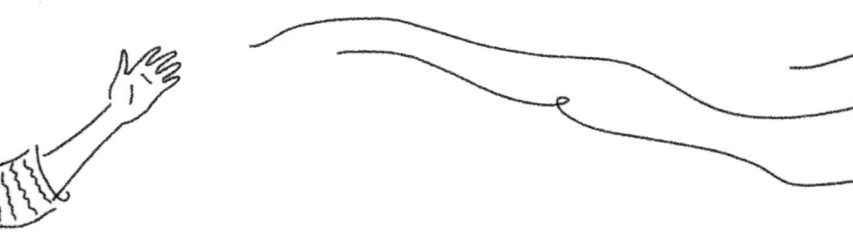

Entlich dann: Für di Mool.

Ich so: Und wofür is di gut?

Aber da war er schon am Schlafen, di Füse gans unruig, dabei sas er immer noch in dem Auto fest, warscheinlich troimt er er is ein Fuks mit füksischer Freieit und nich so dikklich.

Aber er hatte recht: Es war ein Paar King, es war eine Mool. Di Mänschen sagten so: Hört auf zu kwengeln, Kinder, wir sind in der Mool, Schlus jezz, Schlus jezz, oder wollt ir liber, das wir di Mool lassen, dann kanz du gleich deine Hausaufgam für Matte machen, Kerk. Oder di Mänschen sprachen in eine kleine Kiste, so: Ich mus jezz, Dschini, ich bin grat auf dem Paar King bei der Mool! Oder ein Mänsch haut ein andern auf den Hinten, und der lent sich an den ersten und sagt gans lib: Mänsch, Eljot, du machs mich fettig! Oder eine Dame lässt ire Tasche fallen, wo drin is, was si gekauft hat, und wi si sich danach bükkt, flikt ir plözzlich der Hut wek, da sit si aus, als

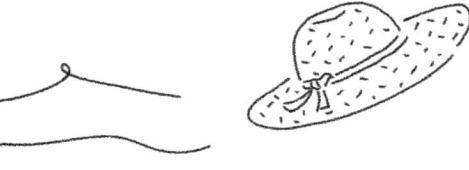

könnte si gleich loshoilen, aber dann kommt ein netter Mann und rast irem Hut hinter her, obwol er ein bisschen humpelt.

Mänschen!

Immer intresant.

Ein Mal kauerte ich am Rant vom Paar King und kukkte zur Mool rüber, da kommt ein Par Mänschen raus.

Einer so: OK, wir treffen uns in der Fressmaile wenn du dein Lippenstiff has.

Und der andre: Wenn du zu spät bis, bring ich dich um, aber tot tal, Meggen.

Und der erste: Keine Anks, ich find dich schon. Ich erkenn dich an den vil röteren Lippen.

Dann haben si gelacht.

Bei Fressmaile hab ich di Orn gespizz, aber auf di gute Weise.

Ob es in einer Fressmaile wol was zu fressen gipt?

Vleich, dachte ich.

Hir sollte ich mal sagen, mein ganses Leem lang hatte ich zimlich heil sarme Tagtroime. Di komm so über mich. Und ich genise si.

Hir ein par Liblingstroime.

Ein par Mänschen hören mich Mänschisch sprechen, und si geem mir Hünchen, weil ich echt gut spreche, und ich sizze mit an den Tisch. Und si fragen: Wi is das so als Fuks?

Und ich so: Gut.

Und si so: Fükse sind unsere Liblingstire.

Und ich so: Danke.

Und si so: Warum nur, warum waren wir so dumm und haben den Hunt zu unserm meisten Haustir gemacht?

Und ich so: Das weis ich echt nich.

Oder: Ich werde von par Beren gejakt. Ich bleibe steen, halte eine Fote hoch und eine Rede über Nettsein, und si so: Vleich is das eine komische Frage, aber könntest du, ein Fuks, nich unser Kroser Fürer sein und uns zeigen, wi man nett is und nich komisch get? Und ich so: Klar. Und si aplodiren mit iren Tazzen. Aber ungeschikk. Ersma bringe ich inen bei, wi man richtig klatscht, und si kukken mich mit lauter Libe an.

Oder: Ein par Fögel fligen um mein Kopf herum,

so: Is das ein hüpscher Fuks, wir sind schon über-
all auf der Welt rumgeflogen und haben noch ni
ein hüpscheren geseen! Und ein Fogel so: Waise
is er auch noch. Wo drauf di andern zustimmend
schilpen.

Jezz grat, wo ich nich weit vom Paar King kau-
ere, hatte ich ein heil sarmen Tagtraum, so: Ge
da rein, hol dir was zu fressen. Warum nich? Wi
schwer kann das schon sein? Wenns da Fressen
gipt, müsste es doch Fressen für alle sein, stimmz?

An dem Amt hab ich beim Kruppenmiting mein
Plan vorgestellt.

Aber leider ging mir mein Ruf als Troimer irnkwi
voraus.

Und nich in der guten Art.

Der Krose Fürer so: Was soll Fressmaile über-
haup sein? Klink gefärlich.

Ich so: Mänschen sind nett, di sind kul.

Und Fuks 41 so, tot tal hochnesig: Na klar! Ser wizzig! Bestimmt wollen wir alle dem Fuks vertrauen, der mal erzält hat, wi er mit irnknem Beby zur Schule gegangen is.

Das Fuks 41 das mit dem Beby erwänt hat, war nich so kul.

Weil ein Mal vor langer Zeit, wo ich an dem Geschichtenfenster sas, hatte ich so getagtroimt, das di Mänschen mich reinbiten und ir Beby halten lassen. Und das Beby libte mich tot tal, balt furen wir zusamm in di Schule, mit kleinen Schulhüten! Das war super! In der Schule lernten wir so Mänschensachen wi Maschine bedinen oder tot tal schrill Geige spilen.

Aber wi ich heimkam und meinen Füksen erzälte das ich mit disem Beby in di Schule gegangen war, glaubten di mir nich. Als Beweis beschlos ich, inen meinen Schulhut zu zeigen.

Und da fil mir ers wider ein das ich das ja nur getagtroimt hatte.

Ich hatte nur ein Schulhut, und der war in mein Kopf!

Peinlich is kein Ausdrukk.

Und so sagte der Krose Fürer beim Kruppenmiting: Nein, Fuks 8. Niks mit Mool. Aber guter Beitrag.

Ich so zu den anderen Füksen: Loite, bitte unterstüzzt mich hir mal.

Aber meine anderen Fükse dreten blos di Augen zur Dekke.

Fuks 4 so: Nix für ungut, Fuks 8. Aber deine Ideen sind nich so praktisch.

Troim, troim, troim, sagte Fuks 11.

Und Fuks 41 so: Sachma, Fuks 8, wirs du das echt ni leit?

Der Krose Fürer so: Ich habe gesprochen.

Und etwas in mir so: Kroser Fürer, bla.

Ich libte in immer noch, aber so richtig kros fand ich in nich mer. Oder so fürermäsig. Bei allem Respekk. Ich hatte nur so ein starkes Gefül im Härz das es für Fükse nich gut is wenn si aufgeem und einfach mit Absich tot spilen.

Di ganse Nacht konnte ich nich schlafen, kein Fizzelchen. Lag blos wach und kukkte mir meine schlafenden Fükse alle traurig an. Und in mein Kopf so: Froinde, ir set nich gut aus. Oier Fell sit roidig aus. Ir seit fast nur noch Augen, aufgrund mega hungrig. Im Schlaf get oier Atem schwer. Libe Fükse! Ir kennt mich seit ich als Junges versucht habe mir in unserm Flus selps ins Gesicht zu beisen. Und wi ich mal früer beim Tagtroimen in Wolfkakke getreten bin und di in den Bau geschleppt habe, wo alle ire Schnauzen rümpften, so: Gottnochma, Fuks 8, wi kann das sein das du di Wolfkakke nich richs wo du si direkk an deiner eigenen Scheis Fote kleem has? Aber ir habt mir verzieen, und wi ich di meiste Kakke ab hatte, durch Rei-

ben an ein Baum, habt ir mir sogar geholfen, mich gut sauberzulekken.

Und wo ich oich doch lib habe, sollte ich da nich mein Bestes geem, um oich zu retten?

Also beschlos ich allein zu geen.

Und ging am näksten Morgen los, zur Mool.

Vleich habt ir mal disen Sazz von den Mänschen gehört: Wofür hat man Froinde? Das kann ich oich sagen. Froinde hat man für wenn die ganse Kruppe dir di kalten Schultern zeigt, dann kommt dein Froind, Fuks 7, von dem ich früer schon erzält habe, der erste Fuks, mit dem ich Mänschisch sprach, und loift hinter dir her.

Er so: Ich ge mit dir, Fuks 8.

Ich so: Alter.

Er zukk di Akseln, so: Kein Ding.

Wir tapsten eine Weile gut gelaunt vor uns hin. Und bald war da di Mool. Konnten wir übers Paar King drüber? Konnten wir. Machten wir.

Und das get so:

Tif einatmen. Ers nach links, dann nach rechs kukken, gans sorgfeltig. Vor sich, Vor sich.

Und los. Los los los! Und nich steenbleim.

Das Fuksblikk Zenter hüpft jezz rauf und runter, weil ir so schnell galoppirt.

Fast hat oich ein Auto erwischt! Schnell ein Panik-Jauler. Stopp. Und fluks flutsch unter ein andres Auto. Dann wider los, macht schon. Get nich, Mist. Zu vil Anks! Schnell ein kleiner Sorgen-Jauler.

Los!

Steenbleim!

Nochma kukken, nochma kukken. Los. Stopp! Nochma kukken!

Jezz aber richtig ab!

Geschafft!

Und tot seit ir auch nich.

Aber dann war da ein Problem, das wir nich bedacht hatten, nemlich: eine Tür. Weil Türen sind ein Problem für Fükse, aufgrund weil si schwer sind, plus können di Klinken hoch sizzen.

Aber wir hatten Glükk.

Genau da kam ein gans junger Mänsch im Strammpel Alter vorbeigestrammpelt, si lechelte und dachte vleich, wir wären Hunde. Und in irer Hand fil uns was auf: Fressen! Schaute gut aus und roch super. Ein Brötschen! Und gans plözzlich wollten wir gern ein fären Dil mit ir abschlisen, demzufolge wir was von irem Brötschen abhaben konnten, indem wir es namen.

Aber dann, schnell wi der Flizz, wird si in di Mool reingezogen, eine Hand an der Hand irer Mutter, in der anderen Hand unser Brötschen! Und bevor wir was merkten, waren auch wir reingezogen in das Fuksblikk Zenter, angelokk von irem Fressen, direkk durch di Tür!

Man hört laute Musik. Der Boden ist wi Glas. Oder Eis.

Und was wir da geseen haben, Froinde!

Wir saen *The Gap*! Wir saen ein *Robin Look*! Wir saen ein Zobedaf, mit gefangenen Kazzen! Wir

saen ein klein Flus, der flos zwar, aber roch nich richtig. Wir saen ein par falsche Fälsen. Wir saen Boime. Echte Boime, im Fuksblikk Zenter drin! Da hätten wir gleich am libsten ein Bau gebuddelt! Wir saen eine Kruppe junge Mänschen mit bunten Kleidern, di tansten gans schnell, und ein par alte Mänschen, wir dachten, bestimmt di Mütter, di zimlich aufgeregt hüpften und lauter Radschläge rifen, Dranbleim, Kristal! Oder, Lecheln, Kara, was kukkst du so traurig beim Tansen, Beby? Wir saen was Rundes mit falschen Ferden drauf, wo si gefangen sind und wi Sklawen immer im Kreis laufen müssen, und den jungen Mänschen macht das Spas, wenn si auf ire Rükken gesezz werden. Da muste ich mich fragen: Warum macht es alten Mänschen Spas, junge Mänschen auf falsche Ferde zu sezzen? Ein tot tales Räzel. Bis hoite. So als würde es ein alten Fuks Spas machen, ein jungen Fuks auf ein falschen Hirsch zu sezzen. Also ich hätte da kein Spas. Obwol, könnte ersma vleich lustig sein.

Mänschen lifen vorbei und sagten: Hey, kukk ma, Fükse. Und wafen uns bisschen Fressen hin. Bald hatten wir ein Meiskolben, merere Stükke Keks plus ein Firsich, so frisch, das er nichma stank.

Ich so: Das mus di Fressmaile sein.

Fuks 7 so: Kommt hin.

Wir waren so glükklich, das wir uns zwischen di falschen Fälsen sezzten und vertroimt über di Zukunf redeten, zum Beispil: Wir würden uns Hosen und Brillen besorgen. Wir würden mit dem Auto faren und ein Becher Kafe auf di Aktentasche stellen. Wir würden so gut Froind mit den Mänschen werden, das si eine Fukstür in ire Mool schneiden würden.

Noch ni waren Mänschen uns so kul erschinen. Dise Pracht hätte kein Fuks so hingekrikt. Daher fülten wir krosen Respekk. Konnten Fükse so was? Eine Mool bauen? Vergisses! Unsern Bau buddeln, das wars.

Dann wurde es Zeit nach Hause zu geen.

Denn jezz hatten wir genug Fressen, um unsern Froinden das Leem zu retten.

Wir hatten das Fressen im Maul und trotteten zurükk durch das Fuksblikk Zenter, mit hocherhomnen Köpfen, wir waren so stolz, weil wir

waren ja warscheinlich di ersten Fükse oder über-
haup Tire, di je in das Fuksblikk Zenter reinge-
komm waren, auser di gefangenen Kazzen.

Und dann wider raus.

Da war di Sonne wider! Da waren di Wolken wi-
der! Ich konnte es nich erwaten, Fuks 41 zu seen
und zu sagen: Hey, Fuks 41, du Obermozzer, Lust
auf was zu beisen?

Aber wi wir an den Rant vom Paar King kamen,
ratet mal, was da nich war?

Fuks 41.

Oder unsre andern Fükse.

Oder unser Bau.

Als wären wir eine gans andre Tür rausgegangen
als rein.

Von den Geschichten hab ich ja einz gelernt,
nemlich wenn gleich was Kroses pasirt, heist es
gern: Dann pasirte es!

Das sagt dem Leser: Mach dich breit.

Also bitte:

Dann pasirte es!

Da am Rant vom Paar King war ein Tim aus zwei Mänschen am Buddeln. Einer so: Heilige Scheise, Fükse! Als hätt er noch ni zuvor ein Fuks geseen. Ich dachte mir so: Ja, ja, wir sind Fükse, hallo Froinde, wir haben grat das Wunder geseen, das oire Mool ist, hesslichen Glükkwunsch! Wir haben oiren falschen Flus erblikkt, oire hüpschen Jungen beim Tansen bekukkt und dankbar oire kroszüging Fressensgaben angenomm. Ir seit so nett! Was ein kroser Tag für di Verbindung zwischen Füksen und Mänschen!

Dann nam der erste Mänsch der zimlich kros war sein blauen Hut ab. Ich so, in mein Kopf: Mus wol eine Art Grus sein? Und machte einen Fuksgrus zurükk, der geht so: Vorderbeine strekken, boigen, gänen. Nur das er da auf uns zurannte, gans überaschend, und mit disen Hut nach uns waf! So wi das klank, als er nich uns, sondern das Paar King traf, wurde mir klar, der war aus Stein. Ich waf Fuks 7 ein Blikk zu, so: Was ham wir falsch gemach? Dann rannte der andere Mänsch,

der zimlich klein war, auf uns zu und schmis auch sein Hut, und libe Froinde, was dann pasirte, is schwer aufzuschreim. Weil diser Hut klatschte Fuks 7 voll ins Gesicht! Und plözzlich wurden im seine Kni schwach, er blikkte mich ein lezzes Mal Libe voll an und kippte zur Seite, wärend da Blut aus dem Maul lif! Ich versuchte es kurz mit Widerbeleem, durch Schnüffeln. Aber da kamen schon der risige und der kleine Mänsch an, si rannten wi zwei Siger und machten Geroische, das sich mir di Hare im Nakken stroibten, was sollte ich machen, ich muste flien.

Beim Traben schaute ich zurükk und sah den risigen und den kleinen Mänschen, di lauter Sachen mit Fuks 7 machten wi: noch mer Schläge mit den Hüten und Tritte und Stamfen, und wärendesen noch mer Geroische, wi ich noch ni ein Mänschen gehört habe, als würde das Spas machen, als wäre das spasig, als wären si stolz auf das, was si getan hatten! Als ich ein Erdhaufen ereichte, der so kros war wi ich, legte ich mich dahinter, koichend und

zitternd. Und da sa ich das Allerlezze irer Grau
Sarmkeit, nemlich: der kleine Mänsch hob den jezz
toten Fuks 7 hoch und schmis in durch di Luft!
Der ame Fuks 7, mein Froind, drete sich, wi er
durch di Luft segelte, wi ein langes Ding mit ein
Gewicht am Ende! Und was machten dise Män-
schen? Krümmten sich vor Lachen! Dann namen
si ire grau sarmen Hüte wider und gingen zurükk
an di Arbeit, klatschten di Hände gengeinander, als
wär das gut und kul, was si da grat gemacht hatten,
und hätte si fro gestimmt.

Den Rest des Tages verstekkte ich mich hinter
disem Erdhaufen und wimmerte leise.

Als es dunkel wurde, schlich ich rüber und sa
mir an, was von Fuks 7 übrig war.

Ich hatte an dem Fenster vile Geschichten ge-
hört, aber noch ni eine Geschichte, in der so was
pasirte wi es dem amen Fuks 7 pasirte. Ich wuste
nich, das ein Fuks so ausseen konnte. Nich mal
unsere Fükse, di ein Auto angefaren hatte, saen so
schlimm aus wi Fuks 7.

Und das hatten Mänschen getan.

Ich trabte di ganse Nacht, wi in Trongs. Wenn
ich anhilt, um zu schlafen, troimte ich von Fuks 7
und seinem traurigen lezzen Blikk. Ich zitterte im

Mondlicht und dachte daran, wi nett Fuks 7 immer kleine Nasenstupse machte, wenn ein Froind von im vleich grat nich so gut drauf war. Dann sprang ich auf und lif weiter und versuchte zu vergessen.

Als es wider hell wurde, hatte ich mich zimlich verlaufen.

Tage lang streifte ich herum und lernte vile Sachen, nemlich: Eine Strase kann über ein Flus füren. Es gipt nich nur eine Mool. Ein Baum kann auf ein See treiben. Manchma laufen Mänschen in Kruppen herum, dann tragen si Gälb. Einmal war auf ein Schilt ein Bilt von eine Ente, di ein Baum felt, und als Aks nimmt si eine andere Ente, di aber tot tal sauer kukkt. Und balt waren di Ballen an meinen Foten blutig. Niks zu fressen. Manchma fand ich ein Grashüpfer. Einmal fand ich ein toten Fogel, aber der war so lange tot, das er schon schlechte Hüjene hatte. Deshalb konnte ich in nich fressen. Habs versucht, ging aber nich.

Vleich, Leser, has du mal disen Sazz gehört: Es war di beste aller Zeiten, es war di schlechteste aller Zeiten? (Der is aus ein Buch. Einmal wollte dise Mutter iren Jungen dises Buch vorlesen. Aber di fanden das lang weilig, zu vile Wörter drinn. Und dann machten di Jungen das, was junge Mänschen

tun, wenn si sich lang weiln, si welzen sich rum, stekken den Finger in di Nase, zwikken iren klein Bruder.)

Ich konnte immer nur denken, Fuks 7 is tot, und ich bin dran schult. Warum blos hatte ich dise blöde Idee gehabt, in di Mool zu geen? Warum bin ich so komisch auf di Welt gekomm? Warum konnte ich kein normaler Fuks sein, der keine Tagtroime hat, nur Füksisch spricht und sein Krosen Fürer gehorcht?

Es war di schlechteste aller Zeiten, es war di schlechteste aller Zeiten.

Und gans erlich, mir wurde ein bisschen schlecht im Härzen.

Wi ich durch den Walt trabte, hörte ich so was wi Fögel, di herabstisen und di Natur lobten, und Moise, di sagten, super Tag hoite, und Küe auf ein Felt in der Nee, di sagten, Wau, is di Welt nich krosartig, unzoweiter, dises Supergras hir finden wir richtig klase. So sind di Tire nemlich: zimlich leemsfro. Aber ich war jezz nich mer so. Und ich wuste, ich würde ni mer so sein. Jezz klangen ire

Libesgesenge wi das dofe Gekwatsche von Fuks 7 und mir, als wir da glükklich zwischen den falschen Fälsen in der Mool lagen und uns von unsern Hoffnungs vollen Plenen erzälten, wi wir Hosen krigen und Brillen unzoweiter und Mänschen in unsern Bau einladen und inen Ops anbiten, wenn wir grat wälches haben, und di ganse Zeit kukkten wir uns di Mänschen voller Libe an, wir wusten ja nich, was als nekstes komm würde, wir waren wi zwei kleine Bebys, di mitten in einer schrekklichen Welt schlafen und noch nich wissen, wi schrekklich si wirklich is.

Manchma, wenn ich auf meinen blutigen Foten durch eine Mänschengegend wi zum Beispil das Flusvirtel trabte, über Strasen wi Hummelweg und Bechleinallee oder gar die Bellkanto-Promenade, wo ein krosartiger Bau neben dem andern stant, mit Lichtern wi lauter Sonnen innen drinn, und Wasser, das auf Befel wunder sarm aus der Wise sprüte, wo ich jeden Morgen eine lange Reie Autos voller Mänschen stols lostraben sa und vile andre Glanstaten, di Mänschen bewürgen können, zum

Beispil Gras kurz machen oder Blum in irem Bau waksen lassen, dann ich so: Warum hat der Schöpfer so ein krosen Feler gemacht, das di Kruppe, die so vil kann, so böse is?

Dann kam ich eines Tages in ein Walt, so was hatte ich noch ni geseen, so tif und grün und dunkel und voller härlicher Gerüche, das di Löcher in meiner Nase vor lauter Enzükken gans weit wurden. Und das Licht durch di Boime! Und wenn der Wint wete, wi sich di Schatten bewegten! Eine Miljon härliche Gerüche, wi zum Beispil Wasser in der Nee! Der Wint in der Hö der Boime, und manchma knakkt ein Ast!

Und plözzlich roch ich volle Nase Fuks. Dann sa ich volle Kanne Fuks. Eine gans andere Kruppe. Genau wi wir. Nur anders. Im Fergleich waren si (1) weniger dünn und (2) hatten keine Anks in den Augen und (3) Felle in dem schönzen Rot, das man sich denken kann, ein tifes füksisches Rot, das ich mich über mein stumfes Fell schämte.

Ich sagte inen, wi ich heise, und lis si an mir richen, ich hoffte, si würden mich mögen.

Das taten si. Si rochen an mir. Si mochten mich. Immer abwekselnd rochen und mochten si mich.

Ich erzälte inen alles was mir wider faren war. Si

glaubten das mit der Mool. Das mit Fuks 7 glaub-
ten si nich. Das sa ich. Si saen mich komisch an.
Dann saen si sich komisch an.

Erlich gesagt hätte ich mir auch nich geglaubt,
wenn ich angekomm wäre und mir so was erzält
hätte.

Dise Fükse waren super nett. Eine kam gans
schoi zu mir, und dann fil ir ein Ops aus dem Maul,
mir zu Füsen. Bei einem anderen fil ein Stükk
Fogel raus. Si zeigten mir einen Weier, wo ich so
vil trank, das si ein bisschen lachen musten.

Und ich so: Wo ich lebe, gipt es kein Fressen
oder gutes Wasser.

Und einer von inen so: Ham wir uns fast gedacht.

Dann sa ich mich selps, in mein Kopf, weil ich ja leicht tagtroimen konnte, wi ich meine andern Fükse in dises Paradis fürte, einen nach dem anderen, durch das Fuksblikk Zenter durch. Ich würde inen *The Gap* zeigen. Ich würde inen di falschen Fälsen zeigen. Wenn einer Anks hätte, würde ich sagen: Hab keine Anks. Und ein Wizz machen. Wenn einer lang sarm wäre, würde ich in von hinten mit der Schnauze stupsen, zum Mut machen. Wenn einer sich in Panik umseen würde, würde ich ruig sagen: Kon Zen Trir dich. Wenn einer alt wäre, wi unser Kroser Fürer, würde ich in oder si auf mein Rükken tragen.

Und balt, in mein Kopf, sind wir alle dort in Sicherheit. Und meine andern Fükse so, mit schoien Blikken nach oben: Fuks 8, wir hätten uns nich schlimmer irren könn. Und dann wedeln si mir mit iren Wedeln.

Ich schrekkte aus dem Tagtraum hoch und vor mir standen di Noien Fükse und kukkten mich mit froindlichen Lecheln an.

Als ich inen mein Tagtraum erzälte, sagten si: Kul. Bring deine Froinde her, wir können alle

glükklich hir zusamm leem. Hir gipt es so vil Fressen, voll der Wansinn.

Würde das einfach sein?

Nein. Es würde Mut brauchen. Aber ich hab Mut. Ich hab ein Mal den Reifen von ein Elkawe abgelekkt, weil ich wissen wollte, wi der schmekkt, und der rollte noch. Die Kruppe hat mich deshalb genekkt, weil hey, Fuks 8, warum wartest du nich auf ein Elkawe, der nich mehr rollt, wär das nich einfacher?

Tja, schade. Wenn das hir ein Buch wäre, würde es nur Mut brauchen, und schon hätt ich es geschafft. Aber denkse. Es war das echte Leem. Vile Wochen lang hab ich versucht meine Alten Fükse

zu finden. Meine noien Froinde ham mir sogar geholfen.

Aber niks zu machen.

Wir haben gesucht und gesucht und meine Froinde nich gefunden, nich mal eine Spur vom Fuksblikk Zenter.

Als wäre meine gelibte Alte Kruppe vom an Gesicht der Erde gefallen. (Lebt wol, libe Froinde, ich werde oich ni vergessen.)

Und so lebe ich jezz hir. Ich habe Fressen. Ich habe Wasser. Ich habe Froinde. Dazu gehört Fuks KleineNase/Wach+Lustig. Si is hüpsch. Si is nett. Dise Noien Fükse machen das bisschen anders mit iren Namen, si haben Wörter drinn. Dise Wörter sagen uns, was an jedem Fuks bemerken swärt is. Zum Beispil heist ein Fuks Fuks Mekkert-Immer/TrozzdemNett. Ein anderer heist Fuks WarumSoDerp? Meine Froindin Fuks Kleine-Nase/Wach+Lustig hat eine kleine Nase, auserdem is si wach plus lustig. Daher ir Name.

Manchma sagt si so: Du bis gar nich gans da, Fuks 8. Sei lebendich. Sei glükklich.

Und gestern so: Du kukkst so finster aufs Leem.

Und ich so: Würdest du auch.

Si so: Also, ich will aber nich, das unsere Bebys einen grumfigen Papa krigen.

Und darauf ich so: Mo Mänt, krigen wir Bebys?

Da wirbelte si herum und machte ein Hüpf-und-Quik.

Wi ich das hörte, hat es mir zu denken gegeem. Ich wollte nich di Sorte Papa sein, der immer so sauer is, das er nur noch knurt, und seine Bebys dann immer so: Oah, Papa zit uns runter, der findet das Leem nich kul, hokkt immer nur sauer im Bau, wärend wir andern Fükse in den Mond kukken und kuscheln und mit der Schwanzgegend so hin und her wakkeln, wi wir Fükse das machen, wenn wir uns froien. Ich wollte di Sorte Papa sein, wo unsere Bebys in vilen Jaren, wenn si an mich denken, sagen werden, der gute alte

Papa, war immer für uns da und hat uns mit der Schnauze drauf gestupst, was gutes Fressen is und was nich.

Also frag ich mich: Was könnte irnkwi mein altes und Hoffnungs volles Ich zurükk bringen? Antwort: Antworten.

Und deshalb schreibe ich disen Brif an oich Mänschen.

Ich wüsste gerne, was mit oich los is. Wi kann di selbe Sorte Tir, di di wunder schöne Mool geschaffen hat, es schaffen das Fuks 7 so aussa wi er aussa, als ich in das lezze Mal geseen hab? Würde ein Mänsch so was mit ein andern Mänsch machen? Kann ich mir nich vorstellen. Immer wenn ich ein Mänsch geseen hab, hat er gelacht oder si gelacht oder gelechelt, auf dem Weg zur Mool. Manchma, wenn ein Auto auf ein anderes Auto drauf fur, war ein Mänsch ein bisschen

sauer, aber am Ende sind si doch immer gans nett und machen sich ein kleines Geschänk, ein Stükk Papir. Noch ni hab ich geseen, das ein Mänsch ein anderen Mänsch mit ein Steinhut haut und den Mänsch tritt und stamft und dann disen Mänsch durch di Luft schmeist und lacht, wenn er oder si mit ein schrekklichen Geroisch auf ein Haufen Erde landet.

Vleich machen Mänschen das.

Hab ich aber ni geseen.

Ich weis, das Leem kann gut sein. Meistens is es gut. Ich hab sauberes kaltes Wasser an ein heisen Tag getrunken, das leise Wuff von meiner Libsten gehört und lang sarm Schnee fallen seen, was den gansen Walt leise macht. Aber jezz komm mir dise glükklichen Bilder und Geroische alle vor wi Trikks. So als wären di guten Zeiten wi Rauch, und wenn er verwet, bleibt das echte Leem, nemlich: Steinhüte, Treten, Stamfen. Jede Minute one Treten und Stamfen kommt mir jezz vor, als wär si keine echte Minute.

Verstet ir, was ich meine? Als würde ein Froind, der früer immer nett war, plözzlich was Grau Sarmes sagen und ein in di Flanke beisen. Auch wenn er nacher wider nett is, fülst du dich ni mer rich-

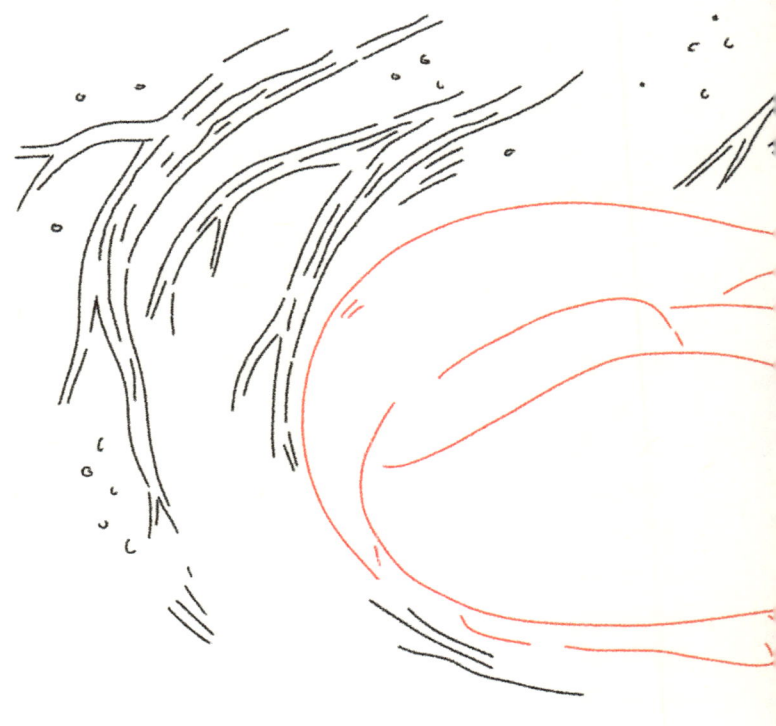

tig sicher. Und wärendesen traben deine anderen
Froinde, di nich gebisen wurden, mit glükklichem
Lecheln herum und sagen so: Fuks 8, was kukkst
du so finster?

Bevor ich erfur das wir Bebys krigen würden,
war mein Gefül zu den Mänschen: Ich bin mit oich
fertig. Wenn ir mich im Walt set, bleibt wek von
mir. Bleibt in oiren umwerfenden Hoisern, spilt

oire laute Musik, egal wi ir das schafft, das si so
laut spilt, reist oire Mänschenwizze, schikkt oier
grobes Gelechter in di Nacht. Ich komme nich in
oire Nee. Ich bleibe an mein Plazz, kauere mich an
den Boden, änkslich und zitternd, so gefallen wir
Fükse oich wol am besten.

Aber jezz, wo Bebys unterweks sind, will ich
mich nich so fülen.

Ich will mich stark und kroszügig fülen. Ich will Hoffnungs voll sein. Und deshalb werde ich disen Brif, wenn er fertig is, bei dem Haus am Ende vom Hellen Rundweg ablegen, wo ich oft ein dikken Tüpen see, der Fögel füttert. Auf seiner Brifkiste stet der Name P. Melonsky. Du wirks zimlich nett, P. Melonsky. Lis mein Brif, ge hin und frag deine Mitmänschen, was los is, schreib mir zurükk und leg di Antwort unter das Fogelhoischen, dann komm ich nachz und hole in ab und lerne hoffentlich was.

Bestimmt gipt es eine Erklerung.

Di wüsste ich ser gern.

Wi ich grat meine Geschichte nochma gelesen hab, ich so: O nee, meine Geschichte zit ein ja tot tal runter. Ers der Tot von ein guten Froind, und dann niks hinter her, was di Laune wider hebt oder wo man was lernt. Die erste Kruppe von dem netten Fuks bleibt verloren, und sein Froind bleibt auch tot.

Buu.

Wollt ir Mänschen mal ein guten Rad von ein Fuks, der nur ein Fuks is? Weil ich weis jezz, ir Mänschen habt oire Geschichten gern mit ein Heppi Ent?

Wenn ir wollt, das oire Geschichten ein Heppi
Ent haben, seit einfach mal ein bisschen netter.
Ich wate auf oire Antwort.

Fuks 8

Zur Illustratorin

Chelsea Cardinal arbeitet in den Bereichen Grafikdesign, Illustration und Mode. Sie wuchs auf den kanadischen Prärien auf, studierte Art + Design am Alberta College, zog 2005 nach New York und hat lange für das Magazin *GQ* gearbeitet. Jetzt lebt sie als freie Künstlerin in Brooklyn. Sie sagt, wenn es nach ihr ginge, wäre sie in ihrem nächsten Leben gern ein Fuchs.

chelseacardinal.com
Instagram: @chelseacardinal

George Saunders wurde 1958 in Amarillo, Texas, geboren und kam erst auf Umwegen zur Literatur. Er studierte Geophysik, arbeitete auf den Ölfeldern in Sumatra und schlug sich nach seiner Rückkehr als Türsteher, Dachdecker und Schlachthausgehilfe durch, bevor er in Syracuse Literatur studierte. Inzwischen hat er mehrere Bände mit Kurzgeschichten, Essays, ein Kinderbuch und einen Roman veröffentlicht. 2006 wurde er mit dem MacArthur »Genius Grant« und der Guggenheim Fellowship, 2009 mit dem Academy Award der American Academy of Arts and Letters ausgezeichnet. 2013 zählte ihn das *Time*-Magazin zu den 100 einflussreichsten Persönlichkeiten der Welt, im selben Jahr erhielt er für seine Erzählungen »Zehnter Dezember« den PEN/Malamud Award, den Story Prize, wurde für den National Book Award nominiert und 2014 mit dem Folio Prize ausgezeichnet. Das Echo auf seinen ersten Roman »Lincoln im Bardo« war überwältigend: Man Booker Prize 2017, Shortlist für den Golden Man Booker Prize, Premio Gregor von Rezzori 2018, *New York Times*-Nr.1-Bestseller, SWR-Bestenliste Platz 1 und SPIEGEL-Bestseller. George Saunders lebt mit seiner Frau und zwei Töchtern in Oneonta, New York, lehrt Creative Writing an der Syracuse University und wurde vor kurzem in die American Academy of Arts and Sciences aufgenommen.

georgesaundersbooks.com
Facebook.com/GeorgeSaundersFans

Die Originalausgabe erschien 2018 unter dem Titel *Fox 8* bei Random House, einem Imprint von Penguin Random House LLC, New York.

Sollte diese Publikation Links auf Webseiten Dritter enthalten, so übernehmen wir für deren Inhalte keine Haftung, da wir uns diese nicht zu eigen machen, sondern lediglich auf den Stand zum Zeitpunkt der Erstveröffentlichung verweisen.

Verlagsgruppe Random House FSC® N001967

www.luchterhand-literaturverlag.de
facebook.com/luchterhandverlag

George Saunders

Lincoln im Bardo

Roman

Klappenbroschur, 448 Seiten, btb 71897
Aus dem amerikanischen Englisch von Frank Heibert

Gewinner des Man Booker Prize 2017

Der amerikanische Präsident Abraham Lincoln trauert um seinen
geliebten Sohn – und die Geister der Toten auf dem Friedhof mischen
sich ein, aber auch Stimmen aus der Geschichte und der Literatur,
reale wie erfundene. Denn Willie befindet sich im Zwischenreich, in
tibetischer Tradition Bardo genannt, und ein furioser Streit um die
Seele des Jungen entbrennt ... Eine allumfassende Geschichte über
Liebe und Verlust, wie sie origineller, faszinierender und grandioser
nicht sein könnte.

»Ein solches Buch wird man so bald nicht wieder lesen. «
Andreas Isenschmid, DIE ZEIT

btb